COLLECTION

TRÈS-INTÉRESSANTE

DE

TRENTE-CINQ

TABLEAUX MODERNES

VENTE

HOTEL DROUOT, SALLE n° 8

Le Lundi 15 Mai 1876

à deux heures et demie précises.

EXPOSITIONS :

PARTICULIÈRE : Le Samedi 13 Mai 1876

PUBLIQUE : Le Dimanche 14 Mai 1876

De 1 heure à 5 heures.

COMMISSAIRE-PRISEUR	EXPERT
Mᵉ CHARLES PILLET	M. DURAND-RUEL.
10, rue de la Grange-Batelière.	16, rue Laffitte.

COLLECTION

TRÈS-INTÉRESSANTE

DE

TRENTE-CINQ

TABLEAUX MODERNES

VENTE

HOTEL DROUOT, SALLE n° 8

Le Lundi 15 Mai 1876

à deux heures et demie précises.

EXPOSITIONS :

PARTICULIÈRE : Le Samedi 13 Mai 1876

PUBLIQUE : Le Dimanche 14 Mai 1876

De 1 heure à 5 heures.

COMMISSAIRE-PRISEUR	EXPERT
Mᵉ CHARLES PILLET	M. DURAND-RUEL
10, rue de la Grange-Batelière.	16, rue Laffitte.

CONDITIONS DE LA VENTE

Elle sera faite au comptant.

Les acquéreurs payeront *cinq pour cent* en sus des adjudications.

CE CATALOGUE SE DISTRIBUE A PARIS

CHEZ

MM. Charles Pillet, commissaire-priseur, rue de la Grange-Batelière, 10.

Durand-Ruel, expert, rue Laffitte, 16.

A L'ÉTRANGER

La Haye,	Tersteeg, représentant de la maison Goupil et C°, Plaats, 14.
Londres,	Agnew et Sons, Waterloo place.
—	Pilgeram et Lefevre, 1, King street, Saint-James square.
Bruxelles,	Étienne Leroy, 8, rue des Chevaliers.
Berlin,	Lepké, 4, unter den Linden.
Vienne,	Kaeser, 2, Kartner-Ring.

Paris. — Typ. PILLET fils aîné, 5, rue des Grands-Augustins.

Comme cette collection se recommande d'elle-même au public par son intérêt et sa diversité, notre rôle se borne à celui de présentateur. Nous ne revendiquerons d'autre part dans sa réussite que la responsabilité légère de lui avoir montré le chemin qu'elle se fera seule dans le monde. Les paysagistes l'emportent ici par la qualité aussi bien que par le nombre des pièces, et en première ligne se présente Calame. La gloire européenne de *Calame* s'est un peu ternie au souffle naturaliste qui a emporté toute notre Ecole de paysage ; mais le temps, en révisant bien des arrêts et des modes, répare aussi beaucoup d'injustices. C'était un homme de grand talent que *Calame*, et ses bons morceaux rivalisent avec les chefs-d'œuvre incontestés de l'esthétique nouvelle. Si un inconnu exposait aujourd'hui à l'un de nos salons une simple page de la valeur de *Paysage suisse* par exemple, son nom serait célèbre dans les vingt-quatre heures. Cette toile et son pendant, *Paysage italien*, expliquent tout *Calame*, et sa préoccupation du style par le caractère. Dans l'une, il cherche à synthétiser l'Italie, dans l'autre, la Suisse. Il poursuit un type grandiose du site générique, une sorte d'expression définitive des sensations diverses que produisent ces deux pays admirables, quelque chose comme un résumé synoptique de ces deux faces mobiles de la nature. Quoiqu'on en juge d'ailleurs, l'idéal à tout le moins ne manque ni de grandeur ni de poésie, et il faut être d'une belle force, d'abord pour le concevoir, ensuite pour s'y attaquer. Si devant le *Paysage italien* tout spectateur ne s'écrie pas comme les compagnons d'Enée : *Italiam ! Italiam !* nous concèderons que l'œuvre est manquée ; et si un passant, arrêté devant le *Paysage suisse*, prononce un autre nom de montagnes que celui des Alpes, nous avouerons l'erreur de l'entreprise. Mais *Calame* triomphe également dans ces deux synthèses : cette belle vallée, inondée de lumière, où les pins ouvrent leurs parasols de verdure, et que dominent des palais de marbre et d'albâtre, c'est toute l'Italie ; ce site torrentueux et grandiose, où le sapin s'accroche aux flancs des rocs granitiques, où par les mille pointes de ses cimes, de ses arbres, de ses herbes, la terre semble tendre vers le ciel dans un mouvement d'ascension éternelle, c'est toute la Suisse.

Rêvez le contraste le plus complet entre un homme et un autre, et voyez s'il est comparable à celui qui oppose *Calame* à *Daubigny*. Nous parlions tout à l'heure de l'école naturaliste : *Daubigny* est l'un des maîtres de cette école. Ce n'est pas lui qui composera la nature pour en tirer de nobles effets d'architecture végétale. Ce qu'il a sous les yeux, il le rend tout simplement, avec le plus d'exactitude possible, et il y emploie toutes les ressources que son grand talent de praticien lui donne. La *Marée basse au soleil couchant* est un très-beau tableau, largement peint et d'un effet d'autant plus juste qu'il est d'une grande simplicité. Il suffit d'avoir vu une fois, au déclin du jour, une de ces plages amphibies, que la marée découvre sur nos côtes bretonnes ou normandes, quand les derniers rayons en colorent les rochers moussus, les flaques stagnantes et les sables miroitants, pour apprécier l'œuvre sincère du peintre. Aussi scrupuleux que *Daubigny* dans le rendu, *Chintreuil* est plus raffiné dans le choix des motifs ; les phénomènes tranquilles et réguliers ne sollicitent guère son talent nerveux : il lui faut le rare et le bi-

zarre. Un couchant sur un champ de sainfoin, sujet ardu et
d'une difficulté pleine d'écueils, voilà ce qui le tente. Mais
quand *Chintreuil* atteint sa recherche, il est plus précieux
qu'aucun autre, et c'est ici le cas. *Derniers rayons* est une
toile d'un travail supérieur. Sur le bleu des coteaux, sur le
vert des prairies, sur le rose des sainfoins et dans l'atmosphère vibrante, le peintre distribue et fait jouer les reflets
prismatiques du couchant avec une science consommée et
un bonheur singulier. *Derniers rayons* est un morceau de
dilettante pour dilettante. A côté de ces maîtres il faut placer
sans hésitation M. *Harpignies*. Ce peintre possède un talent
tout personnel et qui le fait reconnaître de loin; sa manière
nette, claire et très-formiste. imprime un cachet de style,
élégant mais concis, à ce qu'il traite. Il exécute un tronc
d'arbre comme une académie et un rocher comme un torse
antique. Le tableau nommé les *Bords de la Loire aux environs de Nevers* est un remarquable spécimen du maître, plein
d'air et de lumière et fort pittoresque.

Nous ne connaissons rien dans l'œuvre de M. *Jacque*
qui soit préférable à l'*Intérieur de bergerie*. L'artiste est l'un
des maîtres du mouton; mais ceux qu'il entasse dans cette
étable, où filtrent deux beaux rayons de soleil, baignent dans
une atmosphère chaude et brune, égayée de jolis gris, dont il
a dérobé le secret aux plus habiles clairobscuristes de la Hol-
lande. Une vaste composition de M. *Munthe*, *Effet d'hiver
le soir*, révèle en cet excellent peintre un rival sérieux de
M. Gegerfeldt; la touche est large et grasse et comme elle
est posée avec la certitude qui caractérise l'école, l'effet gé-
néral en prend une rare autorité de justesse. Terminer par
Diaz, *Jules Dupré* et *Ziem*, n'est-ce pas prendre à la lettre
le mot de l'Evangile : les premiers seront les derniers. Mais,
sur ces trois maîtres, la critique a épuisé toutes les formules

de l'éloge, et signaler leur présence dans une collection est encore la meilleure façon de la recommander.

Le Concile sous le pape Clément XI date de 1859; nous dirions que c'est une page capitale de M. *Robert-Fleury*, si ce puissant artiste en avait écrit d'autres. Dans une grande et haute salle boisée et qu'orne une tapisserie à sujets, les cardinaux sont assis sur une estrade, à gauche et à droite du sacré pontife. Ils sont tous vêtus de rouge, et leur air de gravité atteste l'importance de la question qu'ils débattent. Il s'agit en effet du livre de Jansénius, livre fameux qui a bouleversé tout le xvii⁰ siècle. De savants prêtres de tous les ordres, carmes, dominicains et moines divers, dans leurs costumes propres, assistent au conciliabule. Le seul profane qui ait été admis est une sorte de suisse à hallebarde qui remplit là sans doute l'office d'huissier d'audience. Le grand sens historique dont M. *Robert-Fleury* fait preuve dans ses restitutions n'empêche pas le peintre de se manifester sous le poëte par une riche couleur et un dessin plein de caractère. Mais qui reconnaîtrait M. *Willems* en l'auteur de cet autre tableau d'histoire, *Le duc d'Albe dans les Pays-Bas*, si l'on ne savait que de fortes études soutiennent le talent de ce peintre à la mode. Mais au fond le changement n'est peut-être pas si inexplicable qu'on l'imagine. M. *Willems* est un fervent adepte de Terburg; avant de lutter corps à corps avec son maître dans le rendu du satin, il l'étudiait dans celui des cuirasses. Le duc d'Albe est cuirassé et l'artiste a peint à merveille l'effet de lumière sur les bosses de l'acier et les luisants de son armure. *La famille de Guttenberg* est une de ces naïvetés savantes qui font de *Leys* un peintre à part, peu explicable par la physiologie peut-être, mais d'un talent très-évident en art. Cette famille, composée de la mère et de deux autres femmes qu'accompagnent à la promenade deux jeunes garçons et un petit enfant, semble détaché de quelque missel gothique. Mais quoi qu'il fasse, *Leys* se révèle moderne par une entente de la couleur dont le principe est beaucoup plus à Delacroix qu'à Albrecht-Durer. Nous aimons infiniment le *Troupeau de porcs* que M. *Knauss* vautre pêle-mêle sur une 'pente gazonneuse. Très-observé, dans son genre plaisant, le tableau est d'une exécution chaude et d'un beau ton.

Exposé au dernier salon, la *Naïade J.-J. Henner* est un tableau déjà célèbre et qui fait faire aux délicats bien des visites au Musée du Luxembourg. La collection nous en offre une réduction exquise, d'un ton nacré et d'une grâce de modelé toute corrégianesque. Elle est charmante, sur son fond de verdure brune, cette naïade blanche qui s'étire voluptueusement à la clarté du jour, et elle communique au spectateur le sentiment qu'elle a de sa beauté et de son bien-être frais.

Citons encore une spirituelle pochade de M. *Kœmmerer*, enlevée du bout de la brosse avec un goût de l'élégance féminine et une précision dans le caractère qui est le propre de ce tableau si justement à la mode.

Ne passez pas sans jeter un coup d'œil dans l'*Intérieur d'un atelier de tailleur à Venise*, où M. *Van Haamen* nous montre trois belles filles assises sur le pas de la porte et devisant de leurs amourettes tandis que leur brave homme de père, les jambes croisées sur son établi, enfile péniblement son aiguille. Enfin, remarquez et goûtez à loisir les ouvrages de MM. *Oswald* et *André Achenbach, Burnier, Becker, Hildebrandt, Hoguet, Hubner, J. Lefebvre*, nous n'aurons plus qu'à vous répéter le dicton populaire : Décide si tu peux et choisis si tu l'oses.

Emile BERGERAT.

DÉSIGNATION

ACHENBACH

(OSWALD)

1. *Une rue de Naples un jour de marché.*

Haut., 53 cent.; larg., 43 cent.

ACHENBACH

(OSWALD)

2 *Fontaine de la villa Torlonia.*

Haut., 64 cent.; larg., 48 cent.

ACHENBACH

(ANDRÉ)

3. *Petit port allemand.*

Les eaux viennent en vagues légères mouil-
ler le rivage bordé de maisons; au premier
plan, un embarcadère.
Une foule de bateaux et de figures animent
ce tableau.

Haut., 40 cent.; larg., 63 cent.

ACHENBACH

(ANDRÉ)

4. *Marine. Côtes-du-Nord.*

Des barques de pêcheurs rentrent au port
par une mer agitée.

Haut., 41 cent.; larg., 63 cent.

BECKER

(CHARLES)

5. *Une jeune patricienne.*

Haut., 64 cent ; larg., 47 cent.

BURNIER

6. *Paysage et animaux.*

Un troupeau, conduit par un petit paysan, descend un terrain incliné qui conduit à une mare.

Haut., 70 cent. ; larg., 1 m.

CALAME

7. *Paysage italien.*

Ce paysage, plein de soleil, avec ses magnifiques palais à l'arrière-plan, ses superbes groupes de pins et sa splendide végétation, est composé de la façon la plus élégante et remplit bien le but poursuivi par l'artiste, c'est-à-dire rendre autant que possible la grandeur et le charme du *paysage italien*.

Daté 1854.

Haut., 1 m. 40 cent.; larg., 2 m.

CALAME

8. *Paysage suisse.*

En opposition au tableau précédent, tout ici
est sauvage et pittoresque à la fois : torrent dans
un ravin plein de rochers, hêtres touffus battus
par le vent, ciel couvert, tout concourt à l'effet
de la composition.

Ces deux pages capitales sont justement cé-
lèbres dans l'œuvre du peintre.

Daté 1854.

Haut., 1 m. 40 cent.; larg., 2 m.

CALAME

9. *Soleil couchant dans les montagnes en Suisse.*

Le site est des plus accidentés; le soleil descend derrière un groupe de sapins dans la montagne et éclaire tout le paysage de ses derniers rayons.

Daté 1857.

Haut., 82 cent.; larg., 1 m.

CHINTREUIL

10. *Derniers rayons.*

Le soleil se couche à l'horizon d'un champ en pleine récolte de sainfoin.

Effet d'une grande harmonie de ton.

Haut., 93 cent.; larg., 1 m. 33 cent.

DAUBIGNY

11. *Marée basse, Soleil couchant.*

La mer, en se retirant, laisse voir les rochers
à fleur d'eau, le soleil va disparaître; à gauche,
sur la côte, une cabane au milieu des genêts.

Composition d'une grande simplicité et d'un
grand aspect.

Haut., 76 cent.; larg., 1 m. 45 cent.

DE JONGHE

12. *Jeune femme jouant avec un chat.*

Debout, appuyée contre une cheminée sur
laquelle est un livre ouvert, elle joue noncha-
lamment avec un chat qui se roule à ses pieds.

Haut, 59 cent., larg, 49 cent.

DIAZ

13 Paysage après la pluie.

Haut., 28 cent.; larg., 35 cent.

DIAZ

14. La Clairière.

Haut., 30 cent.; larg., 41 cent.

DUPRÉ

(JULES)

15. *Paysage.*

Au premier plan, un cours d'eau qui s'é-
loigne en serpentant dans la prairie ; çà et là,
des saules, des peupliers, des chênes ; à gauche,
au bord de l'eau, une chaumière. Tout dans ce
paysage est froid et imprégné d'eau, on sent
qu'il a plu et qu'il pleuvra encore.

Haut., 73 cent.; larg., 92 cent.

HARPIGNIES

16. *Les bords de la Loire aux environs de
Nevers.*

Paysage plein de caractère et d'un ton su-
perbe.

Haut , 95 cent.; larg., 1 m. 60 cent.

HENNER

17. *Naïade.*

Réduction du tableau du Musée du Luxembourg.

Haut., 15 cent.; larg., 23 cent.

HILDEBRANDT

(E.)

18. *Le départ pour la pêche.*

Un petit mousse, suivi de son chien, se di-
rige vers la plage; il porte au bateau le costume
du pêcheur.

Haut., 24 cent.; larg., 35 cent.

HOGUET

19. *Paysage.*

Haut., 12 cent ; larg., 25 cent.

HUBNER

20. *Jeune fille de Capri.*

Elle tient à deux mains son vase sur la tête
et vient chercher de l'eau à une fontaine.

Daté 1873.
Haut., 90 cent.; larg., 60 cent.

JACQUE

(CHARLES)

21. *Intérieur d'une bergerie.*

La bergerie est pleine, c'est l'heure où le
berger vient renouveler la litière et l'herbe des
rateliers; les moutons se pressent autour de lui;
au premier plan, un coq et des poules.

Le soleil, entrant par une fenêtre, éclaire
vivement une partie du tableau et laisse le reste
dans une chaude demi-teinte.

Haut., 46 cent.; larg., 68 cent.

JACQUE

(CHARLES)

22. *Le troupeau de moutons.*

Des moutons, conduits par un berger et son chien, broutent l'herbe en marchant. Le ciel est chargé d'eau.

Haut., 44 cent.; larg., 70 cent.

KOEMMERER

23. *Baigneuses à Scheveningue.*

Haut., 15 cent.; larg., 25 cent.

KNAUS

24. *Le troupeau de porcs.*

Ils sont tous couchés épars sur un terrain
incliné et dorment à l'ombre dans une vérité
de pose remarquable.

A mi-côte, le porcher est assis à terre avec
son chien; on aperçoit au sommet quelques
chaumières.

Haut., 5o cent.; larg., 36 cent.

KNAUS

25. *Tête de jeune fille.*

Haut., 21 cent.; larg., 16 cent.

LEFEBVRE

(JULES)

26. *Italienne au bord de l'eau, dans un bois.*

Haut., 60 cent.; larg., 38 cent.

LEYS

27. *La famille de Guttenberg.*

La famille de Guttenberg se rend à la promenade. Tel est le sujet de cette composition de six figures remplie d'originalité et de caractère, alliés à une coloration et à une exécution remarquables.

(Catalogue du docteur S.). 1874.

Haut., 64 cent.; larg., 51 cent.

LINDENSCHMIT

28. *La Fiancée.*

Une jeune fille, debout devant un bahut, regarde un anneau qu'elle vient de sortir d'un écrin.

Haut., 60 cent. ; larg., 48 cent.

MUNTHE

29. *Effet d'hiver, le soir.*

Le cours d'une rivière glacée et en partie couverte de neige s'étend au loin jusqu'à l'horizon, éclairé par le soleil couchant.

Sur la rive droite on voit quelques habitations, et au premier plan quelques groupes d'enfants pêchant dans les espaces de glace brisée.

Tableau capital et d'une grande allure.

Haut., 1 m. 25 cent.; larg., 2 m. o3 cent.

MUNTHE

30. *Paysage d'hiver.*

Tout le paysage est couvert de neige; à
droite, quelques maisons sont groupées au
bord d'une rivière et au bas d'une colline.

Haut., 54 cent.; larg., 83 cent.

ROBERT FLEURY

31. *Un Concile sous le Pape Clément XI.*

Le concile est assemblé pour entendre la lec-
ture du fameux formulaire à propos du livre
de Jansénius.

Haut., 91 cent.; larg., 1 m. 29 cent.

VAN HAANEN

32. *Intérieur de l'Atelier d'un tailleur à
Venise.*

Composition de quatre figures.

Haut., 75 cent.; larg., 54 cent.

WILLEMS

33. *Le duc d'Albe dans les Pays-Bas.*

Il est debout, cuirassé, tête nue, et dicte des
ordres à un moine assis devant une table char-
gée de papiers.

Haut., 64 cent. ; larg., 54 cent.

ZIEM

34. *Soleil couchant sur le grand Canal à Venise.*

A droite, le palais des doges et la ville; à gauche, l'église de la Salute; toutes les silhouettes des monuments sont noyées dans la couleur d'or du ciel.

Haut., 83 cent.; larg., 1 m. 34 cent.

ZIEM

35. *Les Lagunes à Venise.*

Tableau d'un ton gris argenté et d'une grande finesse.

Haut., 43 cent.; larg., 64 cent.

Paris. — Typ. PILLET fils aîné, 5, rue des Grands-Augustins.